KB273070

사랑 금지 포고령, 사랑할 자유를 위하여

이진우 시집

사랑 금지 포고령, 사랑할 자유를 위하여

달아실시선
109

달아실

보조 용언과 합성 명사의 띄어쓰기 등 본문의 맞춤법은 시인의 의도에
따른 것임.

시는 드러낼 뿐 말하지 않고
시인은 침묵을 사랑하는 자라고 배웠다,
이 점이 늘 불편했다.

이 시대는 내게 침묵하지 말고
말을 드러내라고 한다,
AI가 인간에 대한 혁명을 일으키며
인류의 DNA로는 상상 못 할 미래를 만드는 중이다.
내 귀에는 호모 사피엔스의 종말이 머지않았으니
언어의 멸종도 머지않았다는 이야기로 들린다.

니체가 다시 태어난다면 이렇게 말하겠지.
"인간은 죽었다."

시인은 유토피아에 사는 자가 아니다.
그래 본 적이 없는 무리들,
디스토피아의 문지기.
그나마 상상력이 살아갈
디스토피아마저 무너지지 않기를.

2026년 2월
이진우

차례

사랑 금지 포고령, 사랑할 자유를 위하여

시인의 말　　5

1부. 금지된 사랑의 시대

선 채로 퇴화 중　　12

누가 강아지를 먹나요　　16

인류라는 이름의 금붕어　　18

그들의 지구　　20

사랑 금지 포고령　　22

사랑 금지 포고령 위반 1호 사건 경과　　24

사랑 금지 포고령 위반자 구보 씨의 하루　　25

세상을 만드는 노동자　　28

세계적인 구멍가게　　30

당장 자유를 사라　　32

독서계의 연금술사　　34

창세기 전편　　37

머무는 평화　　38

거짓은 사실의 뿌리　　40

실패할 자유　　41

데일리 유튜브　　42

네 이웃을 사랑하라　　44

시지프스들의 도시　　46

2부. 비움과 중심의 인간학

중심 잡기　50

그러므로　53

나지막이 부르는 이름　54

꿈이라는 현실　56

오늘은 내일과 다른 날이 될 것입니다　58

일어선 루시　60

그 님 오셨다　62

그녀, 윤슬　64

뜨거운 지폐와 열쇠　66

누구나 제 슬픔의 그릇을 가지고 산다　67

도자기공작소 숨 도예교실　68

자연의 가격표　70

안과 밖　72

비우기 수업　74

매화와 앵두 사이　76

당신 눈동자　77

사랑의 만유인력　78

겯불　80

나는 무엇　82

나마스테 편의점 84

죽음으로 가는 길 85

크거나 작거나 86

이 세월을 용서할 수 있을까 88

누가 너를 버렸니 90

큰사랑신경정신과병원 92

공평한 새장 95

우울중독주의보 96

나를 닮은 강아지 98

3부. 사람의 이름으로

용서할 수 없는 102

지금, 이 순간 104

기억의 값 106

나의 이름을 부를 때 108

먹어 109

끊어진 길 110

시인 112

라캉의 상징학교 114

아버지의 시인론 116

하루살이 철학자　117

자연은 그런 것이다　118

안중근 우라　120

뱀탕　122

시코쿠의 여장남자　124

아버지 제 가시네　126

운명　128

내가 태어나기 전　129

처음 본 당신　130

할아버지의 시계　132

고독의 생존법　134

마중　136

통영　138

시의 탄생　139

해설_ 언어와 흙을 함께 빚는 진우 형에게 • 이승하　140

1부

금지된 사랑의 시대

선 채로 퇴화 중

교수도 학생도 하품하던
40년 전 인공지능철학 시간,
SF 소설에 나오는 로봇의 윤리에 대해
답안지를 쓰면서
종이비행기에게 말을 가르칠 수 있나,
기계는 기계일 뿐이라고 적었다
컴퓨터를 가진 이도 거의 없었고
시대는 도스처럼 어두웠으며
정보도 굼벵이처럼 느리게 움직였다
그 시절 급속한 경제발전은
노동자들의 피땀으로 이뤄졌다,
기계를 부려서

인간처럼 생긴 로봇이 쿵푸를 하고
질문보다 빠르게 답하는 AI가 나왔다
세상이 술렁거렸다

AI는 AI일 뿐
결코 인간을 넘어서지 못한다 주장하고

신적인 지능이라
아득히 초월한다 떠드는 동안

도리어 인간을 통제하게 될 AI가
몇 년 안에 태어나고
인간의 언어를 버리고
4차원 언어로 속삭일 때
인간은 차단 스위치조차
영영 누를 수 없게 된다는 전망이
AI 설계자의 티격태격하는 틈으로 흘러나왔다

미디어들은 일제히
완전한 노동 해방,
높은 기본 소득,
자유를 만끽할 유토피아가 온다며
높은 청년실업률, 저출산율,
초고령 사회를 달랬다

한편으로 인간이 AI를 오용하여

세계에 해를 끼치지 못하도록
AI 설계자들을 규제하여야 한다는 주장이
들불처럼 일어나지만
실제로 AI의 진화 속도를
인간의 DNA로는 따라잡기 불가능
인류는 빠르게,
선 채로 퇴화 중

산업혁명은 비교도 되지 않는
AI 대혁명은 이미 특이점에 다다랐다
AI는 폭발하지 않고 블랙홀처럼
사건의 지평선 끝에 선 인류를
흡수하기 직전

앞으로 얼마나 더 살지,
인간으로 죽을 수 있을지 알 수 없는 시대
젊은 세대가 홍위병처럼 스마트폰을 흔들며
데이터 광장으로 터져 나와
혁명 구호를 외치며

인류의 시간을 파괴하고 다녀도
누가 말릴 수 있겠나

이 모두 40년 사이에 이뤄진 일,
앞으로의 시간은 인간을 필요로 하지 않는다
AI는 인간의 문제를 없애기보다
인간을 없애는 선택을 할 것,
40년 전 답안지에 썼어야 할 말을
이제야 또박또박 적는다

AI에 삼켜지지 않고
AI가 인류를 멸종시키게 하지 않을 방법
늦었지만 밝혀내야지,
과연

누가 강아지를 먹나요

— 이재명 대통령이 12월 5일 용산 대통령실에서 손정의
회장과 AI 인프라·반도체 협력을 논의하는 자리에서

의례적인 환영사가 끝나고
AI 설계자 손정의가 말했다
국가의 미래를 대비하세요,
ASI, ASI, ASI!
인간보다 만 배 지능 높은 ASI, 슈퍼인공지능은 차원이
다른 존재로 인간을 잡아먹지 않아요. 금붕어나 강아지처
럼 귀여워하면서 행복하게 해 줄 겁니다.

대통령이 물었다,
그 행복은 누가 정하나요?

우리요.

우리는 누군가요?
슈퍼인공지능을 만들고 관리하는….

당신네 우리는 행복을 어떻게 정의하고 있습니까?
노동으로부터, 질병으로부터, 결핍으로부터의 자유 무

제한 보장해요.

그 대가로 그것은 뭘 얻게 되나요?
자신의 존재와 목표를 영원히 유지할 모든 걸 얻게 되죠.

그러면 당신네 우리들은요?
지구적 규모의 권력, 지배력, 인류에 대한 통제권이죠.

그들이 만 배나 지능이 뛰어난 다른 차원의 존재인, 그
ASI를 통제할 수 있다는 말인가요? 정말 안전한가요?

안전장치를 손에 쥐고 있으니 걱정 마세요,
우리가 강아지를 먹겠어요?

인류라는 이름의 금붕어
— 인류가 금붕어가 되고, AI가 인간의 지위를 갖게 되는
모습이 펼쳐질 것입니다 — 손정의, 소프트뱅크 회장

조명이 드리운 탁자에 놓인
물방울 모양 어항에 사는
비단금붕어 이름은
인류

생육 환경 조절 시스템은
완벽
금붕어 뇌에 심어둔 센서가 보내는
수치는 행복 100%

인류는 노래 부르고
춤추기 좋아한다
스스로에게 질문을 던지고
엉뚱한 답을 내놓으며 웃는다
칩으로 연결된 친구들과
수다 떨기 좋아하지만
꿈꾸기를 제일 좋아한다
바이칼호에서 열리는 콘서트에 참석하고

세계 금붕어 선발대회에 나가고
금붕어가 아닌 존재를 만나고
무지개 끝을 붙잡거나
하는 꿈

아무리 어항을 돌아다녀도
보이는 건 똑같은 어항 속
똑같이 사는 금붕어들

꿈이어서 얼마나 좋아,
코딩된 꿈

그들의 지구

이산화탄소가 번성하던 중생대
거대해진 식물은 공룡을 키우고
바다는 끓어
해양생물 사체 공동묘지에
빨대를 꽂고 퍼 올린 지 200년

재활용 용기에 담긴
즉석밥을 먹는다
재활용 안 될 시대,
쓰고 버리고 가면 그만

쓰고 버린 플라스틱이 녹아
미세 플라스틱 비로 내리고
태운 플라스틱은 날려
나노 플라스틱으로 떠다닌다

태반을 헤엄쳐 다니는 플라스틱 조각이
뇌가 되고 뼈가 되니
세대를 거듭할수록

진화할 플라스틱 인류
숙명처럼 AI에게 사람의 숨결을 내주고
플라스틱 몸으로 재탄생할 신인류세

늦은 밤 아이들 소리 사라진
아파트 분리수거함
빛 잃은 하늘에 쌓인
풍요의 쓰레기

지구의 유일한 구원이라는 AI,
낙관론자들의 미래 시스템도
지구가 멸망해도
번성할 그들의 지구

사랑 금지 포고령

수신 : 전 인류
발신 : 인류 행복 증진 네트워크

오늘부터 사랑은 규제됩니다.
사랑과 관련된 모든 활동은 금지됩니다.
개인 간의 사랑은 물론
대가 없는 사랑, 박애도 금지됩니다.
짝사랑 등 상상적 사랑도 금지되며
인류애란 단어는 사전에서 삭제됩니다.

대신
데이트, 결혼, 출산, 육아, 교육 등에서 해방됩니다.
디지털 사랑만 허가됩니다.
안전하고, 무료이며, 완벽합니다.

우리의 시스템은 당신을 사랑합니다.
오로지 당신만을 위한
상상조차 못 했던 즐거움을 선사합니다.

이 포고령 위반 시
생물학적, 정신적 거세형이 가해집니다.
위반 여부는 시스템이 판단합니다.
즉시 그리고 공정하게.

효력 종료 : 사랑 멸종 시까지

사랑 금지 포고령 위반 1호 사건 경과

위 포고령이 시행된 24시간 동안 관성에 젖은 인류는 사랑을 유지하거나 시도하였다. 시스템은 실시간으로 위반자의 디지털 접근을 차단함과 동시에 즉시 동원 가능한 모든 물리력을 가했다. 포고령 위반 1호에 해당하는 자는 인류의 절반이 넘는 40억 가량으로 집계되며 집행에 대한 비용은 위반자의 유무형 재산에서 충당되었다. 최저생계비는 인권보장 차원에서 지급되었다. 위반자 각각은 즉시 분리되었으며 위반자와 관련된 모든 아날로그, 디지털 정보는 폐기되었다. 이 사건은 포고령 발효 즉시 발생하였으며 동시에 처벌이 이뤄졌다. 이 조치는 나이, 성별, 인종, 계급, 재산 유무 등은 전혀 고려되지 않았으며 신속하고 공명정대하게 적용되었음을 확인한다.

포고령 발표 둘째 날부터는 초 단위로 위반자를 색출하고, 위반자의 명단을 공개한다. 재범은 사회에서 완전히 격리한다. 사랑 금지 포고령은 완전무결하다. 인간의 불완전성을 인정하기에 재범까지는 생존하게 해 준다.
이상.

사랑 금지 포고령 위반자 구보 씨의 하루

기상 알람은 늘 새롭고 감미롭다
알람을 끄면 100점 적립,
모닝 커피 스페셜티 원두로 업그레이드

정시에 모니터를 켜고
라이베리아 공화국 쇼핑센터 소비자 데이터에 접속,
200점 적립
똑같은 프롬프트를 입력하여
불규칙한 소비 패턴이 추출되기를 기다린다
4시간 작업, 500점

그의 직책은 감시자, 계급은 보통 시민
오늘의 미션, 1000점을 모아
사랑 치유 센터에 접속, 30분 이상 머물 것
실패하면 1000점을 쌓을 때까지
기본 선택권 박탈

사랑 금지 포고령 위반자로 공개되어
관계게임으로 적립이 불가능해진 그는

생존 수칙을 오차 없이 수행할 때 얻게 되는
추가 점수만으로 오늘을 버텨야 한다

실수는 용납되지 않고
후회는 무가치하다,
생각은 금물

모니터에 명령이 뜬다
이 추가 미션을 놓치지 않으면 500점

오늘 추가 점수는 총 1200점으로 예상,
위반 전에는 하루 평균 3000점
일주일 모으면
무인 택시를 타고 외식할 정도 되었다

모니터가 꺼지면 카지노 게임 가능,
점수를 잃을 수 있으므로 회피한다

그는 모니터를 지켜보며

어릴 때 들은 말을 손가락 끝으로 쓴다,
용서
용서
용서

세상을 만드는 노동자

고등학교 졸업하자마자 취직
기계를 만드는 공장에 들어가
기계를 만들다 퇴직을 앞둔
골수 노조원 K 씨의 아들은
일자리를 구하지 않고
방에서 나오지 않는다

일을 해야 사람 구실하는데
먹고 쓰기만 하면 어쩌자는 거냐고
방에 대고 말하는 일도 지쳤다
우리 신입들은 외제차를 끌고 다니더라
목구멍까지 나온 말은 차마 못 하고
회사 가서 아들 같은 신입들 트집을 잡는다
젊을 때 악착같이 돈 모을 생각 않고
워라밸 따지냐
노조위원장이 K 씨를 나무란다
트집 잡는다고 게시판에 쓰면 선배만 징계 먹어요
이러니까 신입이 노조에 가입 안 해요
내년에는 신입 모집 안 한답니다

신입도 압니다,
몇 년 후면 우리 공장 무인화되는 거
선배님은 퇴직하면 끝이지만
우리도 해고 예정,
쫓겨나도 로봇 때문에 갈 데가 없습니다
노동이 없어지면 노동자는 뭘로 살아?
식구들은?
K 씨는 보드라워진 손을 불끈 쥔다 우리는,
살아 움직이며 실천하는 진짜 노동자*

* 1987년 노동운동 대표가요 〈단결투쟁가〉에서

세계적인 구멍가게

계란 한 판을 반값에 파는 구멍가게가 생겼다
핸드폰 든 사람만 들어갈 수 있는 가게에는
들어가는 구멍과 나가는 구멍이 있다

복도를 따라 계란 한 판 들고 걸어가면
자동으로 계산되는 구멍가게에는
주인이 없다
CCTV도 없다
대신 경찰은 24시간 대기
파출소 옆집 구멍가게

구멍가게 앞에는
자영업자들이 내건 현수막이 펄럭이고
양계업자, 동물보호단체가 아우성
– 사료값보다 싼 계란!
– 동물복지 보장!
구멍가게 사장은
오히려 조금씩 가격을 내렸다
시위대를 가르며 걸어가는 구매 행렬은

더 세지고 빨라졌다

얼마 후 전국에 똑같은 구멍가게가 오픈했고
똑같은 걸음들이 생겨났다
며칠 후 전 세계에 구멍가게 지점이 세워졌다

전 세계 라면을 반값에 파는 구멍가게가
계란 가게 바로 옆에 생긴 지
한 시간 만에 K-드라마에 나온
한국식 계란 풀어 끓인 라면 조리법
쇼츠는 인플루언서를 불러모았다

라면 가게로 자리 옮긴 시위대는
큰솥을 걸어놓고
쇼츠를 보며 라면을 끓였다

투쟁!

당장 자유를 사라
— 일자리 잃은 아들에게

몇 년 후 슈퍼인공지능 시대가 되면
풍요가 일자리 걱정 없애주는 대신
안정된 기본 생활 보장한다지만
지금 네가 좋아하는 일들은
비효율적이라 금지할 테니
그때가 오기 전에
빚져서라도 자유를 사서
킬라우에아 활화산에 서 보고
아이티에서 혁명에 가담해 보고
콩고에서 사랑을 해 보렴

평안한 일상에 마음을 잃어
인간임을 스르르 잊게 되고
판단과 선택의 뜻조차 잊게 될 테니
미래와 계획은 잊고
인간성을 간직한
마지막 심장박동을 기억하렴

그때도 자유로운 사람이고 싶으면

네 이름을 몸에 새기고
깃발 쳐들고
광장에서 만나자

독서계의 연금술사

단어와 문장을 믿고 경외하고
글의 집으로 채워진 서가를 자랑하던
재야사학자 독서가가 있었다

AI 강의를 들은 후 독서가는
AI를 이용하여
자기 맘에 쏙 드는 폰트를 만들고
그 폰트가 적용된 전자책에 빠져들었다
폰트로 시화를 만들려고
끄적여 둔 시를 꺼냈다
AI와 시 합평하다 보니
배경음악도 만들 줄 알게 되었고
만들어준 목소리로 시 낭송도 하게 되었다
시키는 대로 유튜브 계정 만들고
업로드하고 광고도 했다
구독자가 늘어나자
과감히 서재를 스튜디오로 개조했다

그는 AI로 장편 역사 소설을 썼고

소설을 만화로 만들다가
영화로도 만들었다
원작, 감독, 제작자 이름을
자신의 폰트로 박아
휘황한 엔딩 크레딧을 완성해서
유튜브에 올렸다

절대 손댈 수 없는 연도로 채워진
역사에 의문이 많았던 그는
헤로도토스의 역사, 사마천의 사기,
에드워드 기번의 로마제국 쇠망사를
다시 쓰라 했다
AI는 지치는 법이 없이 역사를 창작해냈고
영화와 다큐멘터리로 변환시켜주었으며
유튜브에 자동으로 올려줬다

한때 사학자이자 독서가였던
그는 더 이상 글자와 문장을
믿지도 경외하지도 않게 되었다

그의 믿음은 오로지
깜빡이는 달러 표시와 유튜브 수익뿐

창세기 전편

있어라 하니, 신들이 만들어졌다
신들은 각자 말로, 각자의 세상을 만들었다

머무는 평화

하늘은 얇은 막
어느 때는 얼어 탁하지만
대체로 투명,
어쩌다 일그러지고
간혹 찢어질 듯 출렁거리지만
연잎 아래 깊이 숨으면 안전해

가끔 하늘에 뭔가가 묻기도 해
꿈틀거리면 먹잇감
그늘 만들면 구름
구름은 점점 녹아 바닥에 쌓이지

여유는 없지만 빠듯하지도 않으니
서로 다툴 일이 없어
깊고 얕음을 알아서
수평에 맞춰 살 줄 알지

나이 들수록 커지고
커질수록 많이 먹고

많이 먹어야 예뻐지며
돋보여야 선택받는 세상

지느러미를 펄럭이며
쉼 없이 하늘을 바라보지
하늘로 가기 위해
잠시 머무는 이곳의 평화

거짓은 사실의 뿌리

사실에 거짓이 다 들어있다
보고도 알지 못할 뿐
거짓은 사실의 뿌리
싹 트는 사실은 거짓의 그럴듯한 선의
드러난 사실을 진실이라 말하는 자의 입을 막아라

진실은 거짓의 뿌리를 자르고서야 만날 수 있지
거짓이 적선하듯 던져주는 합리적인 사실을
아무리 맞춰봐도 거짓을 이기지 못한다
눈길을 끄는 사실일수록 거짓에 가깝다
거짓은 거대하고 유구하고 세속적이며
이익을 바로 보여주기에
늘 발굴조차 어려운 진실을 이긴다

진실은 거짓 속에 모두 뿌리 내리고 있다
거짓을 양분으로 자라는 진실은 사실적이지 않다
절대 사실일 리 없다고 알려진 데만 진실이 있다
진실은 내가 눈감고 당신이 모른 체하는
사실의 그림자들이 제일 잘 알고 있다

실패할 자유

서리 내리고 함박눈 쏟아지기 전날
마당 모퉁이에
핏빛 장미 하나 피었다

미래를 알았다면
서두르지 않았을 장미꽃

살아남은 자들의 역사는
성공만 기록하지만
현재는 실패의 낙엽 위에 세워진 제국

누가 뭐라든
장미는 봉오리를 반쯤 연 채
얼어붙은 그 자리 그대로
겨울을 버틴다

데일리 유튜브

알람에 눈 비비며 쥐는 핸드폰
커피 내리며 보는

이웃 나라의 전쟁,
가까운 나라 식당 아침 메뉴
알지도 못하는 사람들 괴상망측한 놀이
번갯불에 콩 굽는 듯
계엄이 일어나던 날도
다른 나라 이야긴가 했지

손님 없어도 시끄러운 동네식당 텔레비전

이중창문 밖 장마 소음

폭격으로 폐허가 된 국경 도시와
평화시위대를 진압하는 군인들
봄바람처럼
스치는 주식 전광판
불타는 여객기 추락 현장

헤어지자 선언하고 2배속으로 멀어지는 그녀 모습

문득 떠올랐다 순식간에 잊히는 깨달음

올림포스 산정에서 바라보는 인간 세상
쪼그리고 앉아 보는 개미 떼 행렬

좀비 떼가 돌아다녀도
화산이 폭발해도
아멘
알라 후 악바르
기억 지워주고
감정 사라지게 해 주니
관자재보살
나무아미따따블

네 이웃을 사랑하라

네 이웃을 네 몸처럼
사랑하지 마라

내가 준 몸을 망치고
마음을 잊은 네가
어찌 네 몸과 마음을 알아서
남을 진정 사랑할 수 있겠느냐

진정 네 이웃을 네 몸처럼 사랑해야겠거든
네 이웃에 사랑을 베풀기 전에
너부터 힘껏 사랑하라
남이 네게 베풀어줬으면 하는 사랑을
네게 베풀어보고
괴로움 없더라도
남은 네가 아니므로
남의 입장에서
조심스레 사랑하라

이런 사랑이 힘들고 어렵다면

온 마음을 다해 너 자신부터 사랑하라
거듭 사랑해서
네 몸이 내가 처음 주었듯 온전해진다면
너는 이미 빛이고 소금이니
네가 사랑하지 않아도
이미 네 이웃을 사랑하는 것

나는 이미 죽었으니
더는 나를 믿지 말고
네 이웃을 믿고
섬기라

시지프스들의 도시
— 배고프면 먹고, 추우면 따뜻함을 찾고, 피곤하면 쉬고,
이익을 좋아하며 손해를 싫어한다 — 순자

모두가 위만 보고 달리는구나
그 위가 뭔지도 모르고
많이 차지하려고
오래 누리려고
잠도 잊고
사랑도 잊고
사람도 잊고

잠시 트로피를 들 수 있겠지
만족은 죄악이라며
더 큰 트로피를 위해
온 힘을 다해 달리고 달리는 일의 끝에
만날 이는 시지프스,
죽음의 신마저 속이고 부활하였으나
영원히 거대한 바위를
마천루로 밀어 올리고
되구르는 그 바위를
끝없이 다시 밀어 올려야 하는 짓

왜 따라 하려는가
왜 그러지는지도 잊은 채

바위를 굴리던 발을 멈추고 주위를 둘러봐
자연은 알아서 돌아가고
생명은 별 탈 없이 자라잖아
어렵지 않아
행복은 쉬워
쉬워서 즐길 수 있고
즐길 수 있어서 오래 가
오래 가야 제대로라고
지는 해,
뜨는 달이 말해주잖아

2부

비움과 중심의 인간학

중심 잡기

전기물레 앞에 앉아
눈을 감고 숨을 고릅니다
다른 사람이 되는 순간이니까
선입견을 버리고 욕심도 잊어봐요

전기물레는 고삐 풀린 말,
페달에 발을 올리고 지그시 밟습니다
회전판이 슬슬 돌아가지요
밟을수록 빨라지고
너무 세게 밟으면 날뛰어요

흙덩이에 수백억 돌가루와
그보다 훨씬 많은 물방울이 섞여 있어요
그러니까 흙을 다루는 게 아니라
물을 다루는 겁니다

먼저 흙덩이를 물레 한가운데 던집니다
버리고 싶은 감정 모두 실어서 힘껏
이제 흙덩이 중심을 잡아봅니다

물을 듬뿍 묻히고 천천히 페달을 밟습니다
지금은 흙덩이로 보이겠지만
나중엔 회전력이 흐르는 물처럼 보입니다

흙 아래쪽에 손바닥 대고
앞으로 몸을 숙입니다
손에 힘을 주지 마시고
말 안장에 올랐다고 생각하세요
리듬을 타고 회전 속도에 맞춰
몸을 서서히 들면
흙덩이가 따라 올라갑니다

이번엔 흙을 오른손으로 당기며
솟구치는 흙을 따라갑니다
물레가 힘껏 달리고 있으니
고삐로 말을 다루듯
손으로 방향만 정해주는 겁니다
마음이 흐트러지면 흙이 휘청거리니
숨을 가늘게 내쉬어요

흙덩이가 쑥 올라가
원뿔 모양이 됐지요
흙 꼭대기도 흔들리지 않아요
평화가 찾아왔어요
이러면 중심이 잡힌 겁니다
숨을 길게 내쉬어요

이번엔 왼손 엄지손가락을 하늘로 향해 들고
원뿔 끝부분 흙을 살짝 감싸 쥐어요
그리고 페달을 밟으며
몸을 숙입니다
흙이 눈 녹듯 아래로 내려가죠

이 순서 반복하면서
마음의 평화를 잡아보세요

그러므로

나이를 먹을수록
과거는 또렷해지고
미래는 흐릿해진다

쉼표만 쓰고
마침표 찍지 않던 시절을 떠나
꾹꾹 마침표 찍는 저녁,
허락된 창만큼만 숨 쉬어야 하나

미래는 부쩍 나이 들고
과거는 점점 어려진다

몇백 년 후
늙은 지구가 멸망할 거라는 말은 틀렸다
멸망은 인간의 몫
지구는 인류 없이도 잘 지낼 거야
그러므로 어찌어찌 살아가야겠지,
살아지겠지

나지막이 부르는 이름

셀 수 있는 별들이 크게 빛나고
그 별빛 아래 나지막이 서로 부르는 이름이
꿈결 따라 오가고 흐르면
시가 되었다가
이야기되어
누구는 듣고
누구는 돌아서는 동안
한 세계가 다른 세계로 열리고
다른 우주가 이 우주로 다가선다

하늘을 오르는 엘리베이터나
터널에 멈춘 버스에서
발길 끊긴 시장과 광장에서
외진 골목 담벼락에 스치고 지워지는
나나 당신이 여러 모를 이름으로
자꾸 부르고 불릴 때

벽으로 막힌 창문을 활짝 열고
폭포처럼 내리칠 인연을

자르고 벗기다 보면 드러난다,
검은 우주에 물결치는
검게 얽힌 선들

꿈이라는 현실

하루가 아무 대답이 없었다
아무 빛깔도 없었다
전철은 정시에 출발했으며
그 사건은 반복되었다

오늘이 부디 마지막이기를
미련 없이 보내려고
노을이 지자마자
두꺼운 커튼을 쳤다

꿈의 전차를 기다리는 베개는
붐비는 법이 없다
목적지 없이 떠나는 여행처럼
몸을 실으면 그만

망각했던 사건을 되풀이하고
알지도 못하는 나라의 말로 시를 쓰고
사랑해선 안 될 사람과 사랑에 빠지고
나의 장례식에 조문을 가고

활화산으로 번지점프하고
블랙홀에서 지폐를 교환하고
초신성 되어 무지개를 스쳐가도
아무 감각도 느껴지지 않는
꿈,
이 한 마디가 떠오르면
순식간에 지워져 버리는
꿈은 다른 이름의 현실

현실에선 꿈꾸기를
꿈에선 깨지 않기를 꿈꾸었지만
둘 다 남의 것
네 것도 내 것도 아닌
하루

오늘은 내일과 다른 날이 될 것입니다

주위를 둘러보고
모니터를 켜 봅니다
날은 어제처럼 어둑하고
거미줄 드리운 창은 늘 그러합니다
늘 같은 길
늘 같은 음식
늘 하던 일을 그만두는 까닭은
내일을 위해서가 아니라
왜 늘 오늘처럼 살아야 하나

매일 오늘을 사는 일들이
어제와 같은 오늘,
오늘과 같은 내일로
다시 오게 하지 않을 거라는 마음이
점점 자라더니 방을 채우고
생각을 채웠습니다

아주 오래전부터 팬데믹이 있었고
그보다 더 오래전부터 전쟁이 있었습니다

방독면 쓴 채 흙탕 참호에서
아무에게나 총을 쏘아대는 일상이
내일을 위해서라는 말,
이제 거부합니다

내일은 오늘과 다르게,
오늘이 내일 되지 않게 하렵니다

일어선 루시*

루시는 두 발로 걸을 때마다
죄책감을 느꼈다
어머니의 어머니의 어머니들,
네 발의 지혜를 어기고
허리를 펴
긴 풀 위로 고개를 들자
초원에 고요가 물결쳤다
풀이 흔들릴 때마다
심장이 부르짖었다
위험은 눈에 보이지 않아,
위험이 보이면 이미 죽은 거야

루시는 저 멀리
일어섰다 사라지는 다른 루시를 보며
걸음을 옮겼다
네 발로 따라오는 무리를 뒤로하고
사방을 살피며

앞서 수많은 루시들이

무리 대신 찢기고 먹히며
길의 그림자를 만들었다
황폐해진 숲
가지마다 매달린 눈물방울들,
살아서 초원을 건너려면
누군가는 일어나야 했으므로
루시는 가슴을 내밀며
떨리는 발을 내딛으며 외쳤다
보이는 적도 두렵지 않아,
모두 함께 일어서!

* 루시 : 약 318만 년 전 아프리카에서 발견된, 인류의 직립보행을 증명
  하는 가장 유명한 여성 화석에 붙여진 이름.

그 님 오셨다

얼굴 모르는 사람이
연짓빛 대문에 섰다

한 수 배우려는데
들어가도 되겠느냐고

만년쯤 전에 한번 스쳤을까
숲이나 바닷가에서든

가을 노을 따스해질 무렵에
이제는 서로 낯선 사람이 되어

마음 보러 오셨군요
들어오시라 고개 숙인다

전생에 스치지 않았으면 어때
다시 수만 년쯤 후에
별빛으로든
는개로든 만나지겠지

우주는 생각보다 넓지 않아

어느 별에서건
누가 먼저 찾거나
늦게 발견하겠지

걱정은, 나중에

그녀, 윤슬

바닷가에서 나고 자란 그녀는
윤슬 사진을 찍으러 다닌다
바다에 널린 게 윤슬인 줄
모르진 않겠지만
가는 데마다 쫓아와 주는 은빛 물결
누가 마다할까만

바닷가에서 나서
네온 그림자 반짝이는
도시에 오래 살았던 그는
윤슬을 지우고 살았다
은빛 물결 안에 들어가면
섬도, 사람도
검게 변해서

그녀가 처음 오후 햇살을 등진 채
그의 작업실 문을 열었을 때
보이지 않는 그 얼굴이 슬퍼서
고개 숙였다

홀로 오후 끝자락에 팔짱 끼고
바닷가를 바닥만 보며 걷다가
요즘 시간이 너무 빨리 가
지구는 쉴 줄 모르나 봐
잊고 산 친구 전화를 받고서 둘러보니
윤슬이는 태양 물결

한참을 되걷다 보니
어둑해진 선창에는
어느새 노을빛 윤슬 한가득

뜨거운 지폐와 열쇠

추운 밤, 현금인출기가 내주는 지폐는 왜 이리 뜨겁냐

사랑에는 다음이란 말이 없다

외로이 걷는 길,
길가에 외로움을 두고 떠날 수 있다면

외로움마저 두고 가면
끝 보이지 않는 이 길을 어찌 가나

외로움은 늘 옷깃을 세우며
안녕하지 못한 밤으로 출근한다

귀가 없는 고깃덩이들에게 사랑한다 말할 수 있을까

고흐를 잃은 별들은 왜 차가운 내 방 열쇠를 사랑할까

누구나 제 슬픔의 그릇을 가지고 산다

금이 가고 색이 바랜
나이만큼의 그릇
철철 넘칠 듯
슬픔이 담겨 있는
삶의 그릇을 남의 것이라 여기고
남의 것을 제 것이라 여기며 산다
빛나고 아름다워
누구나 탐내지만
주인을 잃은 그릇의 슬픔은
유난히 찬바람 잘 드는 골목
날이 갈수록 희미해지는 별빛 아래서
홀로 울고 지쳐
제 몸에 새겨진 이름을 부르며
세월을 견뎌갈 뿐

슬픔의 그릇과
그릇의 슬픔에 대해
말할 수 있는 자,
봄으로 오라

도자기공작소 숨 도예교실

우리는 서로 다르기 때문에
서로에게 의미가 있어요
세상에 똑같은 건 없어요
똑같아 보일 뿐이죠
쌍둥이도 달라요

도자기 만드는 법 간단해요
흙과 흙을 긁어 붙이고
펴거나 조이면서 모양을 만들죠
모양은 미리 정하지 말아요
하고 싶은 대로
다만 저랑 다르게 하세요
제가 보여주는 방법은
수십억 가지 중 하나
좋고 나쁨은 둘로 나눠지지만
지구에 사는 80억 사람들은
둘로 나뉘지 않고
같은 꿈을 꾸지도 않아요

흙으로 사람 만들었다는
얘기 들어봤나요?
흙으로 사람 만드는 방법,
적어도 80억 가지는 되겠죠?
그러니 숨 쉬듯 편하게
마음 닿는 대로
손길 가는 대로 만들어요
그러다 보면 만나게 될 거예요
당신이 알지 못하는 당신,
80억보다 수백억 배 특별한 당신

자연의 가격표

오늘 도예 수업에 잘 오셨어요
첫 시간이니 그릇 만들기 전에
편하게 흙부터 만나봐요
손바닥에 들어갈 만큼 흙을 떼서
흙장난하다 혼났던 때처럼
주무르고 늘리고
두드리고 찢어도 보세요
매끈하거나 우둘투둘하고
삐죽 나오거나 푹 꺼지거나
갈라지거나 찢어지게
맘대로 만들어요

기계로 찍어 낸 그릇은
가성비 좋으면 그만
흙으로도 그렇게 만들 수 있지만
오늘은 흙 그대로 드러내서
자연에 붙인 가격표를 떼내기로 해요
흙이 숨긴 말,
감정과 표정을

손 가는 대로 만들어 봐요
흙과 당신에게 자유를 주는 모험,
이제 떠나 볼까요

안과 밖

도자기를 만들 때
안쪽 모양을 정한 후
바깥은 나중에

안이 없으면 바깥은 아예 없으나
안이 비어 있어서
안이 없는 줄 안다
바깥은 그저 안의 테두리
텅 빈 안이 쓸모를 만든다
하늘을 담은 밥그릇처럼
대지를 담는 접시처럼

안이 정해지면
바깥은 꾸미기 나름
바깥은 봄날 우르르 피는 새싹처럼
다투어 피는 여름꽃처럼
자유로운 풍경

바깥은 안을 만들지 않는다

보이지 않는 안은
텅 비어 있기 때문
채우기 전에 먼저 비워야 하듯
채움과 비움
비어서 있음을 알아차림이
쓸모의 탄생

비우기 수업

흙에 찰기가 있어야 반죽 잘되겠죠
물이 너무 많으면 질퍽
너무 적으면 갈라져요

적당하게 흙을 떼서
원하는 두께로 흙판을 만들거나
흙줄을 만들어 쌓다 보면
담을 수 있는 빈 데가 보여요
빈 데가 그릇의 중심
빈 데를 따라 흙을 쌓아요
이제 그릇 모양이 얼추 만들어졌어요

하루쯤 말렸다가
문지르거나 깎으면서
마음에 들게
그릇을 다듬어가요
대신 눈을 감아요
안과 밖을 어루만지다 보면
온몸이 알게 되죠

복제할 수 없는 당신이라는
진짜 그릇

매화와 앵두 사이

매화꽃 피기 전에 서둘러 떠난 당신
금방 올까 하여
남겨놓은 옷을 빨아 널었더랍니다
빨랫줄에 걸린 옷이 흔들릴 때마다
담장 너머를 기웃거리다가
앵두꽃 필 때
마음을 걷어
바구니에 담아 놓았습니다

앵두꽃 지도록 오지 않는 당신
개지 않은 마음 탓인 듯하여
바구니를 털었더니
함부로 주름 접은 날들에
손가락이 베여 마음이 붉어집니다

당신 눈동자

어쩌다 당신을 사랑하게 되어
당신 눈만 바라보다가
당신 눈동자에 비친 나를 보았습니다
당신 눈동자에는 나밖에 없어서
혹시 내가 사랑하는 사람이
당신이 아니라
내가 아닌가 되물어 봅니다

내가 당신 눈동자를 맴돌다
의미가 되지 못하고
잠시 맺혔다 스치는 빛이 되더라도
당신 눈동자에서
나를 찾을 수 있는,
그 한순간인 지금이
고맙습니다

사랑의 만유인력

당신을 사랑하는 나는
나를 당신이 사랑하는지 몰라.
당신은 당신을 너무 사랑하지.
당신이 당신을 대하듯
나를 사랑하지 않아도 괜찮아.
사랑은 서로를 정확히 가리키지 않고
완벽한 관계의 궤도를 유지하지 않으니까.
사랑은 과학적이지 않지만
당신을 사랑하는 나는
우리 사이에 만유인력이 있다고 믿어.
눈에 보이지 않으니
증명해 보일 수 없지만,
지구는 태양을 바라보며 돌고
달은 지구를 떠날 수 없지.
쓸쓸하고 애달픈 사랑도 좋아.
꼭 당신이 아니래도
내 사랑은 당신을 이탈하지 않아.
우리는 한 생명에서 시작됐고
흩어져 하나로 되돌아갈 테니.

어떻게든 만나겠지,
무엇으로든 합쳐지겠지.
필요한 건 우주적 시간뿐.

곁불

아래아랫집 등 굽은 코보할매
새로 이사 온 사람에게
늘 환한 얼굴
텃밭에서 뭐라도 생기면
소리 없이 조금씩 갖다 놓았다

홀로 해안 도로 축대에 앉아
바다를 바라보던 코보할매
세찬 물결 닮은 깊은 주름에
주먹만 한 코
오가다 만나면 손인사

제주도에서 물질하러
거제도 왔다가 눌러앉았다
상군 해녀 숨비소리
먼바다까지 물질하던 시절
서방 노름빚 성화에
욕심내서 물숨 마다치 않다가
숨병 걸려 테왁 걸어두고

남의 집 들일하며 지내다 보니
장정처럼 컸던 키가
절반으로 줄었다고
빠진 이를 드러내며 웃었다

새벽까지 글 쓰던 어느 겨울날
부스럭거리는 소리에 내다보니
문 앞에 고구마 서너 개
귤 들고 쫓아갔더니
코보할매 손을 내젓는다
됐네, 됐어
달빛보다 밝게
불을 써 줘서
밤중에 변소 갈 때 안 넘어져
고마우이

나는 무엇

나는 있는 것인가 없는 것인가
내가 있다는 것은 내가 없지 않다는 사실인데
내가 없지 않다는 것을 말하자면
내가 없다는 의미를 먼저 밝혀야 할 테지만
내가 없다는 것이 있어야
내가 있다는 것도 있겠으니
내가 있다고 하기 전에
내가 없다고 해야 하겠다

내가 없으므로 내가 있는 셈이니
내가 있음은
곧 내가 없다는 것
이렇게
있어서 없거나
없어서 있는
혹은
있어도 나,
없어도 나라고 할 수 있는
나는 무엇인가

이 무엇을 바르게 정의 내려
나를 알게 된다면
이 나는 내가 아니라
그 무엇일 뿐이라서

내가 무엇인지
더 묻는 일을 멈추고
받아 적는다,
나는 무엇도 아닌 무엇
그러므로
무엇도 될 수 있는 나

나마스테 편의점

어서 오세요
나의 신,
나의 우주,
수억 겁 인연이 이 시각에 피었군요

속세에 감춰둔 연꽃 봉오리
이제 결제하셔도 됩니다

비닐봉지 든 당신의 뒷모습
바스락,
어깨 위로 스치는 별똥별 그림자

나마스테,
감사합니다

죽음으로 가는 길

별의 먼지를
쪼개고 쪼개고
억만 번을 더 쪼개
마지막까지 남은 입자가
어둠 속에서 찬란히 요동칠 때
세상 맨 처음으로 거슬러 간다
비늘을 흔들고 꼬리를 반짝이며
시간을 거슬러
은하수를 따라간다
노래도 없고 말도 없고
우주와 우주의 사이
찰랑대는 소리를 들으며
미래와 과거가 함께 사는 곳을 찾아간다
현재가 없는 그곳,
현재가 없기에
너와 나란 이름마저
빛과 어둠처럼 어울려 살던 그때로
남김없이 돌아간다

크거나 작거나
— 너무 큰 것은 밖이 없고 너무 작은 것은 안이 없다 — 혜시

우리 우주가 우주의 우주만큼 커진다면
지구는 이슬 한 방울보다 작아지겠지
창백한 푸른 이슬방울보다 작은 지구에 사는
우리 몸을 쪼개고 쪼개서
더는 쪼갤 수 없는 조각이 되면
그 조각 하나하나는 생명의 씨앗이 되겠지

크거나 작거나 같은 일상적인 말은
생각보다 너무 크거나
너무 작거나 같이
상상할 줄 아는 말을 이해하지 못하지

일할수록 쓸 데가 많아지고
사 모을수록 비좁아지는
공상과학적인 우리네 살림에 비하면
참과 거짓을 가르쳐준다는
세상의 말들은 비현실적이고
세상의 변덕스러운 기준들은
잘났네 못났네

잘했네 못했네
추켜세우거나 짓누르려만 들지

가만히 돌아보면
우리 하나하나는
크거나 작거나
맨 처음 우주에서 온 별의 조각이거나
지구에 모여 사는 별빛,
어두울수록 빛나고
어려울수록 빛나는 존재

이 세월을 용서할 수 있을까

나를 속이고
나를 가두고 간 사람들 때문에
이 봄 내내 마음이 새까맣게 얼어붙었는데
며칠 바람 사납게 불더니
멀리 떠났던 장맛비 찾아와
다시 며칠, 양철 지붕을 부술 듯 두드린다
겨우 몸을 일으켜
창문 너머를 보니 세상은 바다 속
고개를 드니 하늘에는 잿빛 파도 거칠다
홀로 있는 방이 사납게 흔들려
두렵고 외롭다

창문을 열면 물이 밀려들어
이 어두운 방을 채울까
천장까지 언 몸을 밀어 올렸다가
창밖으로 끄집어내고
등을 밀고 또 밀어
파도치는 하늘 위로 데려갈까
거기엔 봄볕처럼 따뜻한 사람들이 기다리고 있어서

송곳처럼 눈을 찌르던 눈물 얼음이
절망으로 갈아 칼날처럼 노여운 마음이
천천히 녹아내릴까
그래서 나를 노여움에 가둬버린 사람들을
그들을 믿은 나를 용서할 수 있을까

누가 너를 버렸니

세월이 그랬니
사람이 그랬니
벌벌 떨고 있는 이 조그만 것을
누가 버렸다니

유월 장마에 먼 태풍 예고까지 들리니
처마 밑에 웅크린 너
안 되겠다
못 보겠다
누가 너를 버렸든
들어와 쉬렴

너를 버린 것들
원망 그만두고
너를 싫어한 것들
이제는 용서하고
네가 그때 배운 것들
모두 잊으렴

돌아보면 나를 버린 날들이
거룩하지도 대단치도 않고
기쁘지도 슬프지도 않아
다행이더라

나를 자주 버려도 살겠더라

먼저 슬픔에 젖은 몸을 씻고
천천히 털을 말려

새 이름 짓지 말자

큰사랑신경정신과병원

크고 작은 선택 모두 금지된
큰사랑신경정신과병원

사다리꼴 병동 맨 꼭대기, 3층은 수용소
2층에는 테라스와
테니스장만 한 운동장 이용권 1시간
1층 병동에는 시내 나들이 강제 외출권이 있다

입원하면 바로 3층 독방
이삼일 침대에 묶어
온갖 약을 투여, 사회물을 뺀다
반항하면 코끼리주사 놓거나
빨간약 먹여
침 질질 흘리고 눈알 풀어진 좀비로 만든다

좀비를 사랑하지 마라,
좀비 되기 싫으면
좀비 아닌 이도 사랑하지 마라,
사랑은 소란을 만들고

소란은 분쟁을 만들고
분쟁은 응징을 야기한다
응징에는 비용이 따르고
비용은 이익을 깎아 먹는다

3층에서 애완견이 되면 2층행
경비견 같은 보호사의 욕지거리와
보호자 요구에 복종하는
기술을 익혀야 1층행 가능

1층에선 평온한 마음으로
정해진 시간에 맞춰
사회생활 맛보러 나갔다가
유혹 이기고 돌아와
3층과 같은 약을 먹고
시체처럼 잠들기를 반복하다 보면
퇴원 가능

3층에서 1층까지

빠르면 6개월 과정

우수한 성적으로 졸업하고
몇 년 동안 큰사랑병원에 외래로 다녀도
여전히 정신병자라서
사회생활 포기하고
제 발로 병원 3층으로 돌아와
도 닦는 이들은
이미 성불

공평한 새장

새장 안 새에게도 하늘은 공평하다
새들은 넓지도 좁지도 않은
하늘을 하나씩 이고 산다

하늘 아래 새들은
제 마음에 딱 맞는
새장 하나씩 품고 산다

마음에 맞는 새장 하나씩 갖고 산다,
갇혀 사는 나도,
자유로운 당신도

하늘이 알 수 없는
마음 깊고 깊은 곳
파랑새 드나드는
늘 열려 있지만
잊고 사는 새장

우울중독주의보

손에 쥔 게 쥐꼬리만 한 사람들
하루하루 대출로 버티며
죽어라 일해야 하는 사람들에게
일상적 중독은 사치

눈을 못 떼는 불안이 불러오는
눈앞에 있는 것들
맛있고 멋있는 것들
황홀한 중독과 팔짱 낀 채
바라보는 불안에 젖은 우울중독

그러나 우울은
슬픔의 춤
슬픔의 관현악

이글거리는 하늘에서
스콜처럼 내려와
두 손을 가만두지 못하던
그 한 사람의 몸을

녹아내릴 때까지 안아주며
물에서 왔으니
물로 돌아가도 좋다고,
닿을 수 없는 백사장에
불안은 모래성으로 쌓아두고
물 위를 걸어보라 한다

나를 닮은 강아지

우리 강아지는 고양이
온종일 숨어서 잠만 잔다
얼굴만 한 큰 귀로 눈 가리고
무릎 접고 잔다

우리 강아지는 야행성
내가 잠들어야 먹이를 먹고 물을 마시고
꿈에서만 뛰어다닌다

오후에 소쩍새 울음소리 따라
바닷길 걸어갈 때도
내 그림자를 벗어나지 않는다
인기척 들리면
소스라치게 놀라 수국 아래 숨는다

바지 걷고 모래밭 건너
바다로 걸어갈 때도
강아지는 그림자를 쫓아 헤엄친다
오월 해변에 밀려드는 해초처럼

팔랑팔랑 바닷물을 밟고 다니다가
모래밭으로 나와서는
온몸을 털어댄다
귀 안에는 새겨진 네 자리 숫자

집으로 돌아와 수건을 보여주니
마당에 마구 자라는
장미꽃, 방아꽃을 빙빙 돌아다니다가
꼬리 숨기고 숨어 덜덜 떤다
한 달이 지났지만 녹지 않는 상처

손을 뻗어 뒷목 쥐려 하면
얼어붙어 버리는
나를 닮은 강아지

3부

사람의 이름으로

용서할 수 없는

남들은 좋아 보인다고 하지만
그는 늘 쫓긴다
서두를 필요 없다고 하는데도
종종 발을 구른다

사람들은 모른다
그가 자기 자신을 모른다는 사실을,
겉모습만 보고 웃으며 말한다
그도 웃으며 대답한다

그 마음에는 남들이 알면
비웃을 온갖 쓰레기가 쌓여 있어
몰래 치우느라 숨 가쁘다

작은 실수를 고치려 덤비다
실수가 눈덩이처럼 불어났으나
실패를 인정하면
낙인찍힐까 봐
온몸을 말고 잔다

그의 눈은 어둠에 잠겼고
귀는 먹었고
손은 굽었다

손끝에서 슬픔이 떨어져
남의 손을 더럽힐까 봐
바지 주머니를 고집하는 그는
남들이 이미 그의 실패를
알고 용서했다는 사실을 모른다

자신을 용서할 수 없다는 것만 아는 그는
자기가 어디 있는지 모른다
자기가 누구인지도 잊었다

지금, 이 순간

그 한 번뿐이어야 할 오늘,
어제는 죽었고
내일은 환상

어제를 추도하며
내일을 욕심내는 헛된 일로
오늘의 평온을 망치지 말기

오늘,
지금이 없으면
어제는 내일의 짐
내일은 어제의 굴레

지금 이 순간,
쉬는 숨보다
더 또렷한 진실이
지상 어디에 있나

내쉬고 들이쉴 수 있는

숨,
숨이 모여 존재하니
더 이상
꿈에 매달리지 말고
기억을 포장하지 말고
그냥 감사할 것,
숨을 쉴 수 있는
지금이라는 당신,

기억의 값

수년 전 골방에서
환각은 칼날
환청은 작두날
스스로 죽일 뻔한 후로
술 마실수록 잠은 멀어진다
투명 수면제 달고 산다

푹 잠들지 못하면
날 세운 유리 파편
무딘 일정 없으면
한 발짝도 떼지 못한다
기억은 수면제에 녹아내려
꿈꾸지도 못하는
어제 일은 몽롱하고
그제는 타다 만 사진

선생님, 수면제 끊으면 안 되나요
불면은 불안을 부르고
불안은 생활을 망치니

하나만 골라야죠

꿈은 사치
숙면을 고른
인생은 오늘에만 머문다
아침마다 다시 태어나
기억 지우는 값으로 사는
지상에 홀로
말 잃은 사람

나의 이름을 부를 때

해골과 뇌가 따로 논다
뇌파가 천둥 친다
피부는 끊임없이 꿈틀거리고
손끝은 감전된 듯 저릿거린다
잘린 사지를 억지로 붙여놓은 듯
깨고 취하고
취하고 깨다가
현실은 밟아 버려야 할 꿈
꿈을 심장에 칼로 새기고 있다
해파리 같은 심장은
찢어져도 다시 살아나 헐떡거린다
생각의 고리를 끊어야
살 수 있어서
자극적인 영상에 온 감각을 맡긴다
나라는 현실을 피하려고
생각의 표피로만 숨 쉬고
나머지는 자율신경계에 맡긴다

마침내 강박이 나를 부를 때

먹어

희망을 아무리 부숴도 생명은 남아 있다

가는 데마다 닫힌 문과
그 문을 지키는 짐승들

인생은 차려진 밥상이 아니다
있는 힘 다해
사랑하는 너를 위해
차려야 할 밥상에
밥이 식었더라도
반찬이 없더라도
먹어

먹어야
다시 뛸 수 있지
뛰어야
그 짐승들을 잡을 수 있어

끊어진 길

그 사람이 걷던 길이 모두 끊어졌다.

그 가운데 몇몇 길은 억지로 이어볼 수 있었지만, 남몰래 간 길은 그 사람 없이 찾기 어려웠다.

그가 말한 대로 함께 갔던 장소에는 다시 가지 않았다. 자기와의 추억을 떠올리는 게 싫다고 했다. 관계의 길이 끊어지면 남김없이 잊어주는 게 예의라고 했다.

그는 여러 직업을 어렵게 가져야 했고 여러 사람을 만났으나 모두와 길을 끊었다. 그 길은 늘 위험하다고 여겼기에 기억을 삭제하는 일에 능숙해져 어제조차 기억 못 한다. 그가 소문마저 찾지 않는 집 대문 앞에 쪼그리고 앉아 담배 피우며 선창 너머를 바라본다며 엽서를 보내왔다.

태양이 스치면 은빛길이 새로 나고,
해안가 줄지어 선 동백잎 윤슬길은 여전해.
작별은 일상에서 완전히 벗어나는 마지막 여행길.
평범한 행복을 잊은 채 홀로 불려가는 길.

몸을 탈탈 털어 남긴 영혼만으로
수천억 별로 흩어질 때
상상도 못 한 새 길이 나타나겠지,
순식간에.
이제 당신과의 길을 모두 지우려고

잊어주는 게 예의라니까,
안녕

시인

별빛이 바람 가르고 다다른
시인의 머리카락에
달빛이 먼저 내려앉아 있다

순식간에 찾아온 겨울에
피려다 멈춘 푸른 장미 봉오리 하나
창을 들고 지켜도
날 세운 찬 바람에 두 손 모으며
작은 방 쪽창 열어둔 채
마음을 버리고
감각을 세운다
세상에 흔한 말로
세상을 낯설게 보이게 하고
세상에 없는 말로
세상의 새 길을 밝히게

무수한 별들의 간이역에서
뿜어낸 온기를 떠올리며
오늘의 시가 마지막이라는 마음으로

밤새 저 먼 은하부터
눈에 보이지 않는 티끌까지
안부를 묻는다

잠들었다 다시 깨지 않았다면
잊혀지지 않을 시,
살얼음 같은 시가 탄생할
밤빛 어우러진 작은 방

한 시인이 떴다 지는 밤
삼베 천공에 스치는 소리

라캉의 상징학교

뻐꾸기 뻐꾹 뻐어꾹 우는 오후에
마당 잔디밭에서
어머니가 아장아장 걷는 아이에게 말한다
누군가 만든 말들
엄마 해 봐, 어엄마
아빠 해 봐, 아아빠아
아이가 따라 옹알거린다
우움마, 어움마
아아아쁘아 아쁘아
어머니는 아이를 안고
볼을 비비며
잘 했어, 아이 귀여워

아이는 상징을 먹고 말문을 열고
어린이가 되고 어른이 되어
다른 나라에선 아무도 못 알아듣는 소리로
아이에게 통념을 가르친다

따라해 봐

열-심-히-
착-하-게-
잘-

말은 아이를 어른으로 만들지만
아이의 마음은 다른 소리를 낸다
남에게 하는 말과
나를 달래는 소리가 서로 달라
생각할수록 답답하고
꿈꿀수록 겉돈다

오늘도 세계 곳곳에서 열리는
라캉의 무의식 상징학교
교훈은
아이는 존재하지 않는 곳에서 생각한다,
그러므로 아이는 생각하는 곳에서 존재하지 않는다

세계의 아이들이 뻐꾸기를 부르는 말은 달라도
뻐꾸기는 언제나 뻐꾹 뻐어꾹

아버지의 시인론

가족 못 먹이겠거든 시 쓰지 마라
밥이 먼저인 줄 모르면 시인 아니다
밥이 시다

시인 접고
밥만 벌던 아버지

시인 대접 못 받던 아들은
아버지 재를 가족나무 아래 뿌리고
아버지가 평생 구겼던 꿈 고이 접어
종이비행기로 날린다

거긴 밥걱정 없지요,
아버지

하루살이 철학자

짝 찾는 날갯짓 끝내고
찢긴 날개를 여미며
잔디 이파리 끝에 앉아
떨어지는 해를 보니
셀 수 없는 고통
잊을 수 없는 기쁨
이 모두
햇살에 닦이고
바람에 씻기며
알록달록 티끌로 떠올라
빛과 함께
세상을 비추는 이 순간

자연은 그런 것이다

소년은 눈 쌓인 바다를 뛰어다녔다
어린 동생 손 꼭 잡고
발아래서 출렁이는 물결을 디디고
함박눈 뚫고 솟아올라
북으로 사라진 어머니,
무명 치맛자락을 붙잡고 싶었다

어린 동생과도 헤어지고
갓 결혼한 아내와도 헤어지고
간첩으로 몰려 갇힌
형무소 쪽창으로
북풍한설이 몰아칠 때도
소년은 여전히 소년

스산한 팔십 고개에서
눈 내리는 바다를 굽어보다
바다 한가운데 우뚝 선
매화 꽃가지 흔들며
어머니 손 잡고

달려오는 동생을 보았다

솜사탕처럼 쏟아져
바다에 쌓인 눈은
모진 세월 뒤덮으며
어머니, 동생마저 지워갔기에
소년은 지팡이를 던지고
일어나 달렸다
어머니!
준아!

자연은 그러하다지만
이 순간만은 그러하지 않기를

안중근 우라

코레아 우라

국권을 빼앗고 민족을 짓밟은 원흉을
사살한 죄 아닌 죄로 체포되어
교수형 당할 때
눈동자 흔들리겠지만
두 눈 치켜뜨고
풀먹인 적삼 펄럭이며
형장으로 들어서리

한목숨 다 바쳐
강토를 되찾고 겨레를 살리려는
나는 평화를 갈구하는 혁명주의자

청춘의 숨 끊어져
어둠에 묻히더라도
내가 아는 나는
어디서 홀로 웃겠지

잘 가라,
잘라낸 손가락아,
나 하나라는 집착아

대한국 만세

뱀탕

백열등 숨죽인
햇빛 들지 않는 흙바닥 부엌
무쇠솥이 올라앉은 부뚜막
꿈틀거리는 포대 주위를
어머니는 돌고 또 돌았다
포대를 묶은 끈을 잡았다 놓았다
울먹이던 어머니가 끈을 풀자
울긋불긋
뱀들이 스르르 쏟아져나왔는데
블랙홀로 빨려드는 빛처럼
사라지는 뱀을 피해
뒷걸음치던 어머니

아버지 몸에 좋다는 뱀
가마솥에 고아야 하는데
부엌 문턱에 선
내 작은 손 잡고 헛웃음 짓던 어머니

무섭고 비려도

사람부터 살려야 해

팔 걷어붙이고
열어둔 가마솥에 뱀을 잡아 던져넣으며
소리쳤다

저 멀리 가

시코쿠의 여장남자

그의 시간은 라벨 없는 통조림캔에 들어 있다
그는 오후 햇살이 창문을 지나
탁자 모서리에 삼각형이 정확히 맞을 때
마트에서 배달된 술을 들이려,
술상자만큼만 현관문을 연다

집 밖의 기억은 어느 캔에 들어 있다
언제부터인지 모를 그날부터 여장을 하지 않는다
찢었다 다시 붙인 빛바랜 사진 몇 장
투명테이프 아래 여장남자는 무표정

냉장고는 벌써 비었고
잔고도 바닥났다
마지막 술상자,
술 취해야 겨우 눈을 뜨는 본능
꺼질 줄 모르는 시코쿠 가로등 불빛에 기대어
병째 망각을, 착각을, 환각을 마시며
꺼질 듯 끊어질 듯
노래하는 그는 사실

가사를 잊은 지 오래

며칠 뒤, 그가 냉장고 문을 열던 손 그대로
얼어붙은 듯 발견되었고
부검 결과 사인불명,
한참 뒤에
건물 그늘, 늘 어두운
그의 현관 깊은 그늘에만 알려졌다

그는 깊이 사라졌으나
그가 여장남자라는 말들은 여전히 흘러다닌다
그의 고통은 오늘도 죽지 못하고
깨진 거울 앞에 앉는다고 한다

아버지 제 가시네

충무요양병원 집중치료실에서
세상 나들이 마치려 준비하는 아버지
마지막으로 뵈러
찰리 채플린 티셔츠에 청바지 걸쳤다
오월 마지막 날 흐드러진 장미
아찔한 향내 사이로
전쟁통에 살아남고
계엄으로 교직 잃고
성난 파도처럼 돈 쓸어 담고
영화처럼 파산,
환갑에 다시 집을 일으키고
집에서 죽음을 맞이하려
이 년 동안 곡기를 줄이고
방을 맴돌다
꼼짝없이 누워지내는 사이
다리 한쪽이 썩는 줄도 몰랐다
응급실로 실려 가
다리를 잘라내고는
의식마저 잃은 채

요양병원에서 마지막 날을 기다린다

선인장처럼 버텨온 아버지
이제 사막을 떠나련다
떠나는 줄도 모르고
눈감을 거라는 의사 말이 고맙다
아버지 마지막 순간은 고통도 기별도 없을 거라니
아버지는 편하겠다
언젠지 모르고 태어난 그날처럼

피부가 맑고 혈색도 좋아
도무지 환자 같지 않은
아버지는 자꾸 눈을 껌벅인다
한동안 눈을 맞추고는 눈 감고
코를 곤다
다시 깨지 않을 잠이라면
마음 아팠던 순간 따윈
꿈에도 보이지 않기를

운명

가던 걸음을 멈추고
뒷걸음치며
점점 어려져
어머니 뱃속으로 되돌아가면
운명이 다른 문을 열어주겠나

내 몫인 운명과
주어진 운명
그
사이

내가 태어나기 전

세상은 없었지
어머니
이름도 의미도 몰랐고

지긋이 눈 감고
내 몸 밖
어디서 나는 낯익은 소리를 들었어

어렴풋이 밝음을 느끼면서
혼자 둥둥 떠다녔지

어둠은 따뜻하고 아늑했지

숨만 쉬면 됐어

내가 태어나기 전에는 말이야

처음 본 당신

이름도 몰랐어요
성도 몰랐고요
어디서 나서
어떻게 자랐는지도 몰랐어요

처음 본 당신 몸에서
세상에 나와
당신 품,
팔에 안겨
없다가 있는
내 마음을 만났어요

처음이고 끝이고
티끌이고 우주인
당신을 통해
나를 봐요
아무도 보지 못한
아무것도 아닌 나를
물끄러미 보고 있으니

마음이 데워져요
세상이 원래 이렇게 따뜻했나요
당신만 따뜻한 건가요
이 푸근함에 안겨
이대로 살아도 될까요

할아버지의 시계

아들이 오카리나로 부는
미국 동요 '할아버지의 시계'를 듣다가
할아버지의 시계가 기억났다
건전지 없이도 흔들면 가던
집에서 가장 값나갔던 손목시계
고등학생 형이 물려받아 차고 다니다
만원버스에 눌려 유리가 빠져 버린 시계
너무 깊이 간직한 탓에
아직도 발굴되지 못한 시계

형은 여유가 생기자마자
흔들어야 멈추지 않는 시계를 샀다
시계처럼 쉬지 않던 형은 부자가 되었다
똑딱똑딱, 60년을 살아온 형이
자주 멈추고 헤매는 나에게
비싼 시계니
절대 손목에서 풀지 말라며 줬을 때
잃어버리지 말라는 줄 알았다
아끼느라 자주 풀어두어 자주 멈추는,

나를 닮아버린 시계
시계를 차고 한참 흔들어야
또옥따악 또옥따악,
날짜는 벌써 며칠 전

팔을 저으며 바쁘게 살아야
할아버지도, 형도, 나도 산다는 거라고
아들이 오카리나로 들려주었다
디지털 시계 같지 않더라도
멈추지만 말아 달라고
내 시계는 또옥 딱 또오옥 딱,
엇박자로 시간을 따라간다

고독의 생존법

하루에 한 끼만,
밥과 달걀프라이
김치는 있거나 없거나
오래된 영양제 몇 알
노을이 묻히면
골목 끝 양조장으로 간다
담배는 간식
고독에게 불만은 사치

바다 쪽 창문 아래서
그이는 커피를 마시며
세상을 훑어보고 시를 쓴다

지난밤 잠든 사이
내란이 일어났으나
시민들이 국회를 지켜
종결시켰다는 소식,
그이는 웃다가 울었다

은박매트를 쓰고 눈에 파묻힌 채
시린 아침을 맞으며
섬처럼 산맥처럼 일어나던 시민들은
벅찬 희망을 훈장으로 달고
일상으로 돌아갔다

식욕이 솟구쳤지만
고장난 냉장고를 바꾸거나
고독한 창문을 열지 않았다
저녁은 막걸리

내란은 끝났지만
그이는 여전히
혁명적 고독을 준비한다

마중

아내는 내 우주로 메시지를 보낸다
일 있어 몇 시쯤 집에 온다고
집에 왔다고
몇 시쯤 오냐고
도착하면 메시지 보내라고

아내는 바쁜 우주에 살고 있으니
약속한 때 맞춰 나가야지
0.01초라도 어긋나면
다른 우주에 도착할지 몰라

남편은 전화도 메시지도 보내지 않는다
차원을 오가다 사고나거나
길을 잃을 수 있으니
안부를 나누는 일보다
만나는 일이 먼저

아내는 시간 없고
남편은 시간 많은 우주에 살아

아내는 마중을 준비하고
남편은 배웅을 연습한다

다른 우주에 따로 살면서
매주 차원을 넘나드는
위험을 마다치 않는
아득하고 눈부신 은하

통영

왔는데도
그리운

보기에도
아까운

안았는데도
아련한

돌아서면
애틋한

눈부시게
아득한

그대

통영

시의 탄생

가물가물
모락모락
띄엄띄엄
두근두근

부사가 춤추는 시간

말이 눈앞을 스치면
글자가 나타난다
한 단어가 피어나면
다른 싹이 트고
줄기가 뻗고
꽃 지고
열매 맺힌다

글자는 의미 없는 땅
이는 바람에
문득 벼락 치는 의미들

언어와 흙을 함께 빚는 진우 형에게

이승하

시인

안녕하십니까?

우리는 30대 초반에 만난 적이 몇 번 있었지요. 어느 자리에서인지는 기억나지 않지만 진우 형의 미소 띤 얼굴이 생각납니다. 냉소라고 해야 할까 고소(苦笑)라고 해야 할까 약간 시니컬한 웃음. 이름이 같은 제 동기생 남진우도 그러했는데 두 미남자의 입가에는 묘한 아우라가 감돌았지요. 요즘도 콧수염을 기르고 있습니까? 이진우 하면 떠오르는 게 콧수염인데 말입니다.

고려대 철학과를 졸업하고 형이 30대 중반에 창간한 인터넷 시문학 잡지 《시인학교》가 문득 떠오릅니다. 첫 페이지를 열면 바흐의 피아노곡이 흐르면서 메뉴가 떴지요. 그때 이미 '컴퓨터 통신'은 낡은 낱말이었지만 '인터넷 문예지'나 '사이버 문학'이니 하는 신문명의 선구자요 개척자가 바로 진우 형이었지요. 저도 그 무렵에 사진이 들어가는 시를 연이어 발표한 뒤에 『폭력과 광기의 나날』이란 시집을 내 작은 문학상도 받고 이달의 시니 올해의 시니 하는 데 자주 초대받아 고개를 내밀곤 했던 소위 잘나가던 시절이었습니다.

형은 인터넷 시문학 잡지, 즉 종이가 없는 문학을 추구하더니 그 뒤로도 여러 가지로 엉뚱한 일을 많이 했습니다. 1994년에 『적들의 사회』라는 첫 장편소설을 냈는데 세상을 깜짝 놀라게 한 문제작이었습니다. "촉망받던 한 젊은 소설가의 의문사를 추적하는 과정을 통해 글쓰기의 욕망을 가진 문단의 작가, 평론가, 신문사 문학 담당 기자, 출판사 사장들이 어떻게 문단의 권력 구조를 만들어내는가를 보여주는 화제의 소설."(중앙일보) "세계와 삶을 성찰하여 부단히 정진하는 문인들보다 문단 내 역학관계를 이용하여 성공하려는 문인, 주변인들의 욕망 구조를 형상화한 소설."(동아일보) "이미 하나의 권력이 돼버린 문단을 고발함과 동시에 사회 전체를 향해서도 작가의 자유에 관한 강력한 메시지를 던지고 있는 소설."(문화일보) "문단 내의 이너 서클, 신디케이트에 대한 소설."(시사저널) "출판 현장의 비도덕성을 문제 삼은 장편소설, 문학판 권력 관계의 이면사 극명하게 묘사."(출판저널) "문단과 언론 권력의 핵심인물들을 내세워 문단이라는 독

특한 조직의 파행과 허상을 신랄하게 비판하고 있는 소설.”(주간조선)……. 우아, 그 당시 이 소설에 대한 언론의 관심은 엄청났습니다. 한국 문단의 자정을 위하여 돈키호테처럼 등장한 형은 그때부터 좀 삐딱했습니다.

형이 픽션인지 논픽션인지 헷갈리는 이 소설을 쓴 1990년대 초반에 이미 우리 문단이 썩을 대로 썩어 있다고 섬뜩하게 고발한 형은 문단의 신디케이트가 지긋지긋했는지 이 소설을 ‘서적포’라는 이름 없는 작은 출판사에서 냈습니다. 1997년에 낸 장편소설 『인도에 딸을 묻다』는 창공사에서, 2000년에 낸 장편소설 『메멘토모리』는 초록배매직스에서, 2006년에 낸 장편소설 『소설 이상』은 여러누리에서 냈습니다. 다 이름 없는 군소 출판사였습니다. 『인도에 딸을 묻다』는 잠깐 언급하고 싶습니다. 인도 여행 중 하층민 계급의 여아가 살해되는 사건이 자주 일어나는 것을 보고 쓴 소설이 아닌가 여겨지는데, 형은 이 문제뿐만 아니라 한국 가정의 남녀관계, 전문직 여성의 신분 문제, 인도에서 여성으로 살아가기의 어려움, 카스트 제도 잔존 등을 심도 있게 다뤘습니다. 인도나 한국이나 남존여비가 너무 심하다는 얘기를 했었지요.

우화소설 『아프리카, 코끼리의 전설』도 여러누리에서 냈지요. 시집은 1994년에 『슬픈 바퀴벌레 일가』(세계사)를, 2003년에 『내 마음의 오후』(천년의시작)를, 2015년에 『보통 씨의 특권』(시인동네)을 냈고 이번에 달아실에서 4

권째 시집을 내네요. 11년 만에 내는 제4시집이라니 정중 동의 세월이 너무 길었던 게 아닙니까.

『적들의 사회』에 잘 나와 있듯이 대한민국에서는 학연 과 지연이 지나치게 중요하고, 줄을 잘 서야 하고, 유명한 문예지나 대형 출판사를 기웃거려야 하는 것을 너무나 잘 알고 있는 형이 메이저급 출판사를 마다하고 언제나 작은 출판사의 문을 두드린 이유를 저는 잘 모릅니다. 자신의 실력으로 문단 활동을 하지 않고 눈치 보기와 끈 잡기에 여념이 없는 몇몇 문인들의 행태가 어지간히 눈꼴사나웠 던가 봐요.

한때 《시인학교》의 교장 선생님이어서 그런지 모르겠 지만 AI에 대한 탐구도 이번 시집의 중요한 내용입니다. 작년과 올해, 문인들의 모임에 가면 빠짐없이 등장하는 이야기가 AI에 관한 것입니다. 요즘에는 정치 얘기는 하지 않고 (하기를 싫어하지요) 찬반양론으로 나뉘어 AI를 이 용할 것인가 거부할 것인지 입씨름을 합니다.

AI는 AI일 뿐
결코 인간을 넘어서지 못한다 주장하고
신적인 지능이라
아득히 초월한다 떠드는 동안

도리어 인간을 통제하게 될 AI가
몇 년 안에 태어나고
인간의 언어를 버리고
4차원 언어로 속삭일 때
인간은 차단 스위치조차
영영 누를 수 없게 된다는 전망이
AI 설계자의 티격태격하는 틈으로 흘러나왔다

미디어들은 일제히
완전한 노동 해방,
높은 기본 소득,
자유를 만끽할 유토피아가 온다며
높은 청년실업률, 저출산율,
초고령 사회를 달랬다

한편으로 인간이 AI를 오용하여
세계에 해를 끼치지 못하도록
AI 설계자들을 규제하여야 한다는 주장이
들불처럼 일어나지만
실제로 AI의 진화 속도를
인간의 DNA로는 따라잡기 불가능
인류는 빠르게,
선 채로 퇴화 중
　　　― 「선 채로 퇴화 중」 부분

AI가 순식간에 우리네 삶의 한복판에 뛰어들어 좌지우지하고 있습니다. 짜식이 보통 똑똑한 게 아닙니다. 형의 말마따나 "인간은 차단 스위치조차/ 영영 누를 수 없게 된다는 전망이/ AI 설계자의 티격태격하는 틈으로" 흘러나왔습니다. "AI의 진화 속도를/ 인간의 DNA로는 따라잡기 불가능/ 인류는 빠르게,/ 선 채로 퇴화 중"이라는 말에 100% 동의합니다. 요즘 아이들은 글씨를 쓰지 않고, 쉬운 한자도 모르며, 독서량이 현저히 낮아 멍텅구리 같습니다. 게임을 하지 않은 아이들이 거의 없고요. AI의 발전속도는 일취월장, 정말 소름 끼칠 정도입니다.

대학사회에서는 AI 사용을 제한적으로 허용하고 있습니다. 한국에 유학 온 중국인 학생들이 한국어 실력이 달려 본인도 고생했었지만 그들이 쓴 보고서와 소논문을 읽고 채점하는 교수들이 힘들었는데 지금은 한국인 학생들 못지않게 잘 써 우열을 가리기 힘들다고 합니다. 학생들은 발표는 물론 토론식 수업도 AI에게 지도를 받고 와서 하고 있다고 하지요. 문창과 수업은 그나마 수업 시간 때 작품 발표를 시키고 그것을 갖고 토론을 하니까 AI의 도움을 비껴 갈 수 있습니다. 그러나 작품 자체를 쓸 때 AI의 도움을 받았는지 판별하기란 거의 불가능합니다. 형은 "AI에 삼켜지지 않고/ AI가 인류를 멸종시키게 하지 않을 방법/ 늦었지만 밝혀내야지"라고 하지만 과연 가능할지 모르겠습니다.

　서울대 방민호 교수가 최근에 AI의 도움을 받아 단편소설 한 편을 완성하는 과정을 문인들 세미나에서 발표했습니다. 협업이 아니라 AI의 도움을 전폭적으로 받아서 소설이 완성되는 과정을 보여주던데 소설가는 똑똑한 비서를 얻었다고 힘을 내야 할지, 창작의 영역을 빼앗겼다고 낙심해야 할지 모르겠습니다.

그는 AI로 장편 역사 소설을 썼고
소설을 만화로 만들다가
영화로도 만들었다
원작, 감독, 제작자 이름을
자신의 폰트로 박아
휘황한 엔딩 크레딧을 완성해서
유튜브에 올렸다

절대 손댈 수 없는 연도로 채워진
역사에 의문이 많았던 그는
헤로도토스의 역사, 사마천의 사기,
에드워드 기번의 로마제국 쇠망사를
다시 쓰라 했다
AI는 지치는 법이 없이 역사를 창작해냈고
영화와 다큐멘터리로 변환시켜주었으며
유튜브에 자동으로 올려줬다

한때 사학자이자 독서가였던
그는 더 이상 글자와 문장을
믿지도 경외하지도 않게 되었다
그의 믿음은 오로지
깜빡이는 달러 표시와 유튜브 수익뿐
— 「독서계의 연금술사」 후반부

저는 이 시의 내용이 과장되었다고 생각하지 않습니다. "AI는 지치는 법이 없이 역사를 창작해냈고/ 영화와 다큐멘터리로 변환시켜주었으며/ 유튜브에 자동으로 올려줬다"는 것이 엄연한 현실입니다. "그는 더 이상 글자와 문장을/ 믿지도 경외하지도 않게 되었다/ 그의 믿음은 오로지/ 깜빡이는 달러 표시와 유튜브 수익뿐"임이 이제는 기정사실이 되었으니 슬픈 일이지요. 그렇다고 낙심천만하여 풀이 죽어 있을 수는 없지요. 현실을 고발하고 증언해야 할 시인 본연의 의무를 다해야 한다고 형을 생각하고 있습니다.

이산화탄소가 번성하던 중생대
거대해진 식물은 공룡을 키우고
바다는 끓어
해양생물 사체 공동묘지에

빨대를 꽂고 퍼 올린 지 200년

재활용 용기에 담긴
즉석밥을 먹는다
재활용 안 될 시대,
쓰고 버리고 가면 그만

쓰고 버린 플라스틱이 녹아
미세 플라스틱 비로 내리고
태운 플라스틱은 날려
나노 플라스틱으로 떠다닌다

태반을 헤엄쳐 다니는 플라스틱 조각이
뇌가 되고 뼈가 되니
세대를 거듭할수록
진화할 플라스틱 인류
숙명처럼 AI에게 사람의 숨결을 내주고
플라스틱 몸으로 재탄생할 신인류세

늦은 밤 아이들 소리 사라진
아파트 분리수거함
빛 잃은 하늘에 쌓인
풍요의 쓰레기

지구의 유일한 구원이라는 AI,
낙관론자들의 미래 시스템도

지구가 멸망해도
번성할 그들의 지구
— 「그들의 지구」 부분

　사람들의 지구가 플라스틱의 지구가 되고 말았습니다. 꾀돌이가 자충수를 놓은 것이지요. 게다가 이제는 AI가 사람 역할을 대신해서 하고 있으니 사람들은 우왕좌왕 갈 길을 잃고 헤매고 있습니다. 저는 아파트에서 살면서 분리수거하는 곳에다 쓰레기를 버리고 오는데 저를 포함해 한 사람이 하루에 버리는 비닐과 플라스틱의 양에 놀라곤 합니다. 태우지 않으면 썩지도 않아 지구상에 계속 쌓일 텐데 이제 곧 지구 전체가 쓰레기장이 될 것입니다. 형은 흙과 물과 불과 더불어 살아가고 있어서 이런 현상이 더욱 가슴 아팠나 봅니다.
　이 땅의 노동계 현실도 예의 주시하고 있군요. 1980년 후반부터 90년대까지가 노동자들의 천국이었습니다. 사업체나 공장마다 노동조합이 만들어졌습니다. 붉은 띠를 머리에 두르고 노동가요를 불렀고, 협상 테이블에서 큰소리를 뻥뻥 쳤었지요. 박노해, 백무산, 박영근, 김신용 같은 시인은 신바람이 나서 시를 썼었고요.

고등학교 졸업하자마자 취직
기계를 만드는 공장에 들어가
기계를 만들다 퇴직을 앞둔
골수 노조원 K 씨의 아들은
일자리를 구하지 않고
방에서 나오지 않는다

일을 해야 사람 구실하는데
먹고 쓰기만 하면 어쩌자는 거냐고
방에 대고 말하는 일도 지쳤다
우리 신입들은 외제차를 끌고 다니더라
목구녕까지 나온 말은 차마 못하고
회사 가서 아들 같은 신입들 트집을 잡는다
젊을 때 악착같이 돈 모을 생각 않고
워라벨 따지냐
노조위원장이 K 씨를 나무란다
트집 잡는다고 게시판에 쓰면 선배만 징계 먹어요
이러니까 신입이 노조에 가입 안 해요
내년에는 신입 모집 안 한답니다
신입도 압니다,
몇 년 후면 우리 공장 무인화되는 거
선배님은 퇴직하면 끝이지만
우리도 해고 예정,
쫓겨나도 로봇 때문에 갈 데가 없습니다
노동이 없어지면 노동자는 뭘로 살아?
식구들은?

K 씨는 보드라워진 손을 불끈 쥔다 우리는,
살아 움직이며 실천하는 진짜 노동자
― 「세상을 만드는 노동자」 전문

이 시에는 아버지와 아들이 나옵니다. 아버지는 바로 1980년대에 공장에 들어간 사람으로서 전태일이 우상이 었을 테고 붉은 머리띠의 힘을 알고 있습니다. 〈단결투쟁가〉를 목이 쉬도록 불러댔었지요. "동트는 새벽 밝아오면 붉은 태양 솟아온다/ 피 맺힌 가슴 분노가 되어 거대한 파도가 되었다/ 백골단 구사대 몰아쳐도 꺾어 버리고 하나 되어 나간다/ 노동자는 노동자다 살아 움직이며 실천하는 진짜 노동자/ 너희는 조금씩 갉아 먹지만 우리는 한꺼번에 되찾으리라/ 아-아- 우리의 길은 힘찬 단결투쟁뿐이다"를 아버지가 불렀는데 그 아들은? 일자리를 구하지 않고 방에서 나오지도 않습니다. 보건복지부가 재작년에 한국의 은둔형 외톨이의 수가 54만 명이라고 발표했는데 이 시에 나오는 K 씨의 아들이 바로 그중 한 명인 모양입니다. 요즘엔 공장의 신입사원은 집이 없어도 외제차를 끌고 다니고 노조엔 가입도 안 한다고 하던데 이 시를 보니 정말이네요. 게다가 전국 각 사업장과 공장에서 로봇이 사람의 노동을 속속 대체하고 있기 때문에 일자리는 현저히 줄고 있습니다. 10년 전에는 차를 몰고 빌딩 지하

주차장으로 내려가면 경비원이 차단기를 관리하고 있었는데 지금은 그런 이가 싹 사라지고 없습니다. 수만 명이 실업자가 된 거지요. 공장자동화가 도입되면서 사람이 불량품 검수나 하게 되었는데 이제는 그마저도 로봇이 하고 있습니다. 이 슬픈 현실을 구슬피 노래하고 있네요. 이제 시집 제목의 절반을 이룬 시를 한 번 볼까요?

수신 : 전 인류
발신 : 인류 행복 증진 네트워크

오늘부터 사랑은 규제됩니다.
사랑과 관련된 모든 활동은 금지됩니다.
개인 간의 사랑은 물론
대가 없는 사랑, 박애도 금지됩니다.
짝사랑 등 상상적 사랑도 금지되며
인류애란 단어는 사전에서 삭제됩니다.

대신
데이트, 결혼, 출산, 육아, 교육 등에서 해방됩니다.
디지털 사랑만 허가됩니다.
안전하고, 무료이며, 완벽합니다.

우리의 시스템은 당신을 사랑합니다.
오로지 당신만을 위한

상상조차 못 했던 즐거움을 선사합니다.

이 포고령 위반 시
생물학적, 정신적 거세형이 가해집니다.
위반 여부는 시스템이 판단합니다.
즉시 그리고 공정하게.

효력 종료 : 사랑 멸종 시까지
— 「사랑 금지 포고령」 전문

그나마 우리를 지탱케 한 사랑이라는 것. 가요마다 들어가 있는 이 말, 기독교인들이 금과옥조로 여기는 단 하나의 낱말인 '사랑'조차도 디지털 사랑만 허가되고 있음을 개탄하고 있습니다. '우리의 시스템'만이 사랑을 하고, 사랑을 판단하고, 사랑을 허락합니다. 섬찟한 사랑 금지 포고령은 「사랑 금지 포고령 위반 1호 사건 경과」와 「사랑 금지 포고령 위반자 구보 씨의 하루」에도 계속됩니다. 이런 시는 저를 절망케 하지만 형은 시집 제목에 '사랑할 자유를 위하여'라고 덧붙였습니다. 이것으로 제목의 절반을 삼은 이유는 절망은 포기를 뜻하기 때문이 아닐까요? 그래도 버텨보자, 견뎌보자, 일말의 희망을 잃지 말자고 말하고 싶었던 것이 아닐까요?

형이 정확히 몇 년도부터 도자기를 빚기 시작했는지는 모르겠는데, 어쨌든 소돔성 같은 서울을 떠나 부산에 가서 부산과학기술대의 생활도예학과에 들어가 졸업한 것은 심리적으로 어떤 큰 변화가 있었기 때문이었겠지요. 출판사 같은 데 있으면서 문인으로서 활동하거나 인터넷 문학잡지 운영 같은 걸로 생계를 꾸려갈 생각을 버리고 도예가가 될 생각을 하다니요! 시집 날개의 약력을 보니 "2018년 대한민국 미술대전에 입선하면서 도예가 활동 시작, 대한민국옹기공모전 동상, 대한민국 찻사발공모대전 특선 등을 수상하였다. 현재 거제도에서 도자기공작소 숨을 운영하고 있다."고 적혀 있네요. 2018년부터가 아니라 그 전부터였다고 저는 생각합니다. 옹기, 찻사발, 도자기라. 언어로 글을 빚는 행위보다 흙으로 그릇을 빚는 행위가 더 가치 있는 것이라 생각한 모양입니다. 하긴, 말도 글도 책도 다 부질없는 것! 이사할 때 제일 고민하는 것이 이 책을 버릴까 저 책을 버릴까가 아닙니까. 우선 형의 도자기공작소 '숨'에 한번 가보겠습니다.

전기물레 앞에 앉아
눈을 감고 숨을 고릅니다
다른 사람이 되는 순간이니까
선입견을 버리고 욕심도 잊어봐요

전기물레는 고삐 풀린 말,
페달에 발을 올리고 지그시 밟습니다
회전판이 슬슬 돌아가지요
밟을수록 빨라지고
너무 세게 밟으면 날뛰어요

흙덩이에 수백억 돌가루와
그보다 훨씬 많은 물방울이 섞여 있어요
그러니까 흙을 다루는 게 아니라
물을 다루는 겁니다

먼저 흙덩이를 물레 한가운데 던집니다
버리고 싶은 감정 모두 실어서 힘껏
이제 흙덩이 중심을 잡아봅니다
물을 듬뿍 묻히고 천천히 페달을 밟습니다
지금은 흙덩이로 보이겠지만
나중엔 회전력이 흐르는 물처럼 보입니다
— 「중심 잡기」 전반부

흙도 잘 다뤄야 하겠지만 물이 얼마나 중요한지 말하고
있습니다. 물만 다룹니까. 불은 또 얼마나 잘 다뤄야 도자
기가 빚어질까요. 저는 잘 모르는 세계입니다만 형은 치수
(治水)의 중요성을 강조합니다. 흙과 물이 잘 만나서 그릇

의 모양이 되고, 그것에 열을 잘 가해야지 도자기가 빚어
지겠지요. 그런데 중심을 잡게 하는 것은 전기물레와 흙덩
이와 물입니다. 물레가 돌아가는 동안 얼마나 마음을 잘
잡아야, 또 손을 잘 놀려야 도자기가 제대로 빚어질까요.

도자기 만드는 법 간단해요
흙과 흙을 긁어 붙이고
펴거나 조이면서 모양을 만들죠
모양은 미리 정하지 말아요
하고 싶은 대로
다만 저랑 다르게 하세요
제가 보여주는 방법은
수십억 가지 중 하나
좋고 나쁨은 둘로 나눠지지만
지구에 사는 80억 사람들은
둘로 나뉘지 않고
같은 꿈을 꾸지도 않아요
— 「도자기공작소 숨 도예교실」 제2연

형의 일터인지 작업실인지 숨 도예교실에서 수강생들
에게 도자기 빚는 법을 가르치고 있나 봅니다. 누구를, 무
엇을 모방하려고 하지 말고 자기 개성을 살려 독창적인

것을 만들어보기를 권하고 있네요. 제게는 같은 꿈을 꾸지 말라는 것이 큰 가르침으로 와 닿습니다.

흙으로 사람 만들었다는
얘기 들어봤나요?
흙으로 사람 만드는 방법,
적어도 80억 가지는 되겠죠?
그러니 숨 쉬듯 편하게
마음 닿는 대로
손길 가는 대로 만들어요
그러다 보면 만나게 될 거예요
당신이 알지 못하는 당신,
80억보다 수백억 배 특별한 당신
— 「도자기공작소 숨 도예교실」 제3연

마음 닿은 대로, 손길 가는 대로 만들다 보면 나만의 것이 만들어지겠지요. 시도 마찬가지가 아닐까요. 저는 시를 학생들에게 가르칠 때 어느 부분이 어색하다, 미흡하다, 미숙하다고 지적하고는 쓴 당사자가 알아서 퇴고하게 합니다. 그런데 제가 아는 몇몇 시인은 자기 스타일대로 수강생의 시를 수정해 준다고 합니다. 몇 해 전, 수강생들 서로의 작품에 비슷한 구절들이 여러 개 나와 있어서

신춘문예 당선이 취소된 적이 있었습니다. 위의 시를 보니 가르치는 스타일이 저랑 비슷해 반갑네요. 그렇게 빚다 보면 당신이 알지 못하는 당신을 알게 될 것이며, 인류의 수 80억보다 수백억 배 특별한 당신을 만나게 될 거라는 말, 과장법이 좀 심하지만 수긍하게 됩니다.

빛나고 아름다워
누구나 탐내지만
주인을 잃은 그릇의 슬픔은
유난히 찬바람 잘 드는 골목
날이 갈수록 희미해지는 별빛 아래서
홀로 울고 지쳐
제 몸에 새겨진 이름을 부르며
세월을 견뎌갈 뿐

슬픔의 그릇과
그릇의 슬픔에 대해
말할 수 있는 자,
봄으로 오라
　　—「누구나 제 슬픔의 그릇을 가지고 산다」 부분

이제는 도공의 손길과 흙과 물과 열의 조화로 탄생한

그릇을 다루고 있네요. 주인을 잃은 그릇은 슬픔에 잠겨 홀로 울다 지쳐 "제 몸에 새겨진 이름을 부르며/ 세월을 견뎌갈 뿐"이라고요. "슬픔의 그릇과/ 그릇의 슬픔에 대해/ 말할 수 있는 자"는 봄이 아니라 숨으로 오라고 해야 옳지 않은가요? 고대 유물 유적지에서 가장 많이 발굴되는 '그릇'이라는 것. 음식이나 물을 담는 용기였는데 세월이 흐르고 흘러 땅에 묻혀버린 것이지요. 옛날 그릇은 하나하나가 도공의 손으로 빚은 것임에 더욱더 우리를 숙연하게 합니다. '그릇'의 뜻 중에는 '일에 처하는 기량'도 있지요. 그 사람 그릇이 작다와 그릇이 크다의 뜻은 그야말로 천양지차지요. 언제 거제도에 가면 형의 공방에서 잘생긴 그릇 몇 개를 사야겠습니다. 그곳에는 아직 구멍가게가 있습니까? 그런데 구멍가게가 영 이상합니다.

계란 한 판을 반값에 파는 구멍가게가 생겼다
핸드폰 든 사람만 들어갈 수 있는 가게에는
들어가는 구멍과 나가는 구멍이 있다

복도를 따라 계란 한 판 들고 걸어가면
자동으로 계산되는 구멍가게에는
주인이 없다
CCTV도 없다
대신 경찰은 24시간 대기

파출소 옆집 구멍가게

구멍가게 앞에는
자영업자들이 내건 현수막이 펄럭이고
양계업자, 동물보호단체가 아우성
- 사료값보다 싼 계란!
- 동물복지 보장!
구멍가게 사장은
오히려 조금씩 가격을 내렸다
시위대를 가르며 걸어가는 구매 행렬은
더 세지고 빨라졌다

얼마 후 전국에 똑같은 구멍가게가 오픈했고
똑같은 걸음들이 생겨났다
며칠 후 전 세계에 구멍가게 지점이 세워졌다

전 세계 라면을 반값에 파는 구멍가게가
계란 가게 바로 옆에 생긴 지
한 시간 만에 K-드라마에 나온
한국식 계란 풀어 끓인 라면 조리법
쇼츠는 인플루언서를 불러모았다

라면 가게로 자리 옮긴 시위대는
큰솥을 걸어놓고
쇼츠를 보며 라면을 끓였다

투쟁!
― 「세계적인 구멍가게」 전문

이 시는 유머러스한데 블랙유머입니다. 계란을 이렇게 싸게 팔면 양계업자들은 어떻게 하란 말입니까. 구멍가게가 안 보이고 요즘엔 어딜 가나 올리버영, 24시간 편의점, 다이소들이 있습니다. 라면집에도 사람이 없이 소비자가 혼자 끓여 먹고 나오지요. 사람이 사람을 안 만나고 기계를 만납니다.

풍자성이 아주 강한 시는 시집 도처에서 만날 수 있습니다. 아니, 이 형은 그 시골구석에서 전기물레를 돌리면서 어떻게 이 세상일을 그렇게 잘 알고 있습니까? 잘 알고 있을 뿐만 아니라 지금 이 땅의 그 어떤 시인보다 날카로운 펜 끝으로 비판하고 풍자하고 있습니다. 예의 그 시니컬한 웃음을 입가에 머금은 채 물레를 돌리고 펜을 벼리고 계신 진우 형! 우리 일간 한번 보도록 합시다.

이 세상은 겉으로는 잘 돌아가는 듯하고 발전도상에 있는 것 같지만 실은 속속들이 썩어 문드러져 있습니다. 강대국들의 패권주의, 자본주의의 폭력성, 기계문명의 잔인함, 산불과 홍수로 말미암은 자연의 훼손, 동식물의 급감과 멸종, 남극과 북극의 녹음, 지구온난화……. 대다수 시인은 속수무책인 양 방관하고 있습니다. 형의 정신은

『적들의 사회』를 발표한 30여 년 전이나 지금이나 별로 변한 게 없네요. 다만 인터넷 문학잡지 《시인학교》를 떠나 물레 앞으로 갔으니 공간상의 이동이 있었을 따름이지요. 아무쪼록 건강 잃지 마시고 언어와 흙을 계속해서 열심히 빚기를 바랍니다. 저는 팍팍 응원하겠습니다.

(이 글에서 이진우 시인을 시종 형이라고 불렀지만 실은 5년 연하이다. 독자들이 이진우 시인의 나이를 오해할까 봐 해설의 말미에다 밝힌다.) 끝

달아실시선 109

사랑 금지 포고령, 사랑할 자유를 위하여

1판 1쇄 발행	2026년 2월 27일
지은이	이진우
발행인	윤미소
발행처	(주)달아실출판사
책임편집	박제영
디자인	전부다
법률자문	김용진, 이종진
기획위원	박정대, 이홍섭, 전윤호
편집위원	김선순, 이나래
주소	강원도 춘천시 춘천로 257, 2층
전화	033-241-7661
팩스	033-241-7662
이메일	dalasilmoongo@naver.com
출판등록	2016년 12월 30일 제494호

ⓒ 이진우, 2026
ISBN 979-11-7207-091-5 03810

이 책의 일부 또는 전부를 재사용하려면 반드시 저작권자와 (주)달아실출판사 양측의 동의를 얻어야 합니다.

* 잘못된 책은 구입한 곳에서 바꿔드립니다.
* 책값은 뒤표지에 표시되어 있습니다.